AF459069

TRAGEDIE FRANÇOISE

DV

SACRIFICE D'ABRAHAM

AVTEVR

THEODORE DE BEZE.

(Réimprimé fidèlement sur l'édition de Genève 1576.)

GENÈVE
CHEZ JOËL CHERBULIEZ, LIBRAIRE
PARIS
MÊME MAISON, RUE DE LA MONNAIE, 10
1856

TRAGEDIE FRANÇOISE

DV

SACRIFICE D'ABRAHAM

AVTEVR

THEODORE DE BEZE.

(Réimprimé fidèlement sur l'édition de Genève 1576.)

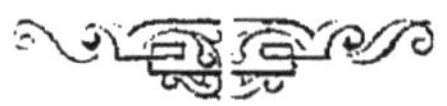

GENÈVE
CHEZ JOËL CHERBULIEZ, LIBRAIRE
PARIS
MÊME MAISON, RUE DE LA MONNAIE, 10
1856

GENE. XV. ROM. IIII.

Abraham a creu à Dieu, et il lui a esté reputé à iustice.

Le drame sacré de Théodore de Bèze, que nous réimprimons aujourd'hui, fut en son temps le plus populaire des ouvrages de ce genre chez les réformés, à en juger par les nombreuses éditions qu'on en fit. Néanmoins il était devenu si rare qu'on ne le trouvait pas même dans les bibliothèques publiques de Genève et de Lausanne. Bèze l'écrivit pour cette dernière ville, où il fut représenté dans une solennité académique. Dès lors cette tragédie, qui est un véritable mystère, a acquis une grande vogue, et il en a été fait un assez grand nombre d'éditions, qui toutes sont devenues rares. Nous donnerons ci-après la liste des principales.

Le *Sacrifice d'Abraham* avait fourni, avant Théodore de Bèze, la matière de plusieurs drames. On cite entre autres *le Mystère de l'Immolation d'Abraham à 4 personnaiges, l'Ange, Abraham, Isaac et Sara*, qui fut représenté à Dijon le 19 mars 1443, et *le Sacrifice d'Abraham à 8 personnaiges, joué devant le roi en l'hôtel de Flandres à Paris, et depuis à Lyon, l'an* 1539. Le premier de ces mystères est resté manuscrit, le second a été imprimé. Les frères Parfait n'en ont point eu connaissance et n'en parlent pas dans leur *histoire du théâtre français*. Mais le duc de La Vallière en a donné un extrait dans sa Bibliothèque de ce théâtre.

Théodore de Bèze a suivi la disposition des principales scènes de ce mystère en les appropriant au goût du seizième siècle et à l'esprit de la réforme. La scène du Sacrifice, qui est la plus touchante, et que plusieurs auteurs ont considérée comme un chef-d'œuvre de pathétique, est à peu près la même dans ces divers drames.

Il est à remarquer que le *Sacrifice d'Abraham* de Théodore de Bèze cessa d'être réimprimé en France à peu près vers l'époque de la révocation de l'édit de Nantes. On en fit dès lors une édition en Hollande. Les principales sont :

Tragédie françoise du Sacrifice d'Abraham, nécessaire à tous Chrétiens pour trouver consolation au temps de tribulation et d'adversité. Lyon, Fr. Dupré, in-12, sans date. (Edit. rare, indiquée dans la Bibliothèque du théâtre français. Tome I, page 129.)

— *Abraham sacrifiant*, tragédie françoise, autheur Theod. de Besze (*sic*) 1550. Genève, Conrad Badius. Petit in-8°.

Cette édition est probablement la plus ancienne que l'on ait de cette pièce, car l'avis de l'auteur est daté de Lausanne le premier octobre, année de l'impression.

— La même, sous ce titre : *Le Sacrifice d'Abraham*, tragédie françoise, séparée en 3 pauses; etc. (Paris) 1553, in-8°.

— *Abraham sacrifiant*, tragédie françoise, par Théodore de Besze, chez Jean Crespin (à Genève) 1561, petit in-12. (Jolie édition en lettres rondes.)

Voici l'indication de quelques autres éditions de cette pièce :

1° Anvers 1580, in-8° de 48 pages, chez Nicolas Soolmans.

2° Genève, Jaques Chouet, 1594, in-16, vendue 95 fr. chez Crozet.

3° Genève, 1606, in-16 de 56 ff. (chez Jacob Stoer), vendue 82 fr. à la vente Soleinne.

4° Niort, 1595, petit in-8°.

5° Montbéliard, Jaques Foillet, 1609, in-8°.

6° Sédan, 1623, in-8°, chez Jean Janon.

7° Limoges, Gabr. Farne (sans date, mais du commencement du dix-septième siècle), in-12 de 36 pages, vendue 51 fr. 50 chez Debure.

8° Troyes, 1669.

9° Rouen, 1670, in-12.

10° Middelbourg, 1701, in-8°.

11° Dans l'édition des Poésies de Théod. de Bèze, donnée à Genève par Henri Estienne en 1576.

Cette même tragédie a été traduite en vers latins par Jean Jaquemot, de Bar en Lorraine, ministre à Genève, sous ce titre :

Abrahamus sacrificans, tragœdia..... latine a Joanne Jacomoto Barrensi conversa. Genève, 1598, etc.

E.-H. G.

THEODORE DE BEZE

AVX LECTEVRS, SALVT

en nostre Seigneur.

Il y a enuiron deux ans que Dieu m'a fait la grace d'abandonner le pays auquel il est persécuté, pour le seruir selon sa saincte uolonté. durant lequel temps, pour ce qu'en mes afflictions, diuerses fantasies se sont presentees à mon esprit, i'ay eu mon recours à la parole du Seigneur : en laquelle i'ay trouué deux choses qui m'ont merueilleusement consolé. L'une est, une infinité de promesses, sorties de la bouche de celui qui est la uerité mesmes, et la parole duquel est tousiours accompagnee de l'effect. L'autre est une multitude d'exemples, desquels le moindre est suffisant non seulement pour enhardir, mais aussi pour rendre inuincibles les plus foibles et descouragez du monde. Ce que nous uoyons aussi estre auenu, si nous considerons par quels moyens la uerité de Dieu a esté maintenue iusques ici. Mais entre tous ceux qui nous sont mis en auant pour exemple au uieil Testament, ie trouue trois personnages ausquels il me semble que le Seigneur a uoulu representer ses plus grandes merueilles, assauoir, Abraham, Moyse, et David : en la uie desquels si on miroit aujourdhui, on se cognoistroit mieux qu'on ne fait. Lisant donc ces histoire sainctes auec un merueilleux plaisir et singulier profit, il m'est pris un desir de m'exercer à escrire en uers tels argumens, non seulement pour les mieux considerer et retenir, mais aussi pour louer Dieu en toutes sortes à moy possibles. Car ie confesse que de mon naturel i'ay tousiours pris plaisir à la poesie, et ne m'en puis encores repentir : mais bien ay-ie regret d'auoir employé ce peu de grace que Dieu m'a donné en cest endroit, en choses desquelles la seule souuenance me fait maintenant rougir. Ie me suis donques adonné à telles matieres plus sainctes, esperant de continuer ci apres : mesmement en la translation des Pseaumes que i'ay maintenant en main. Que pleust à Dieu que tant de bons esprits que ie cognoy en France, en lieu de s'amuser à ces malheureuses inuentions ou imitations de fantasies uaines et deshonnestes (si on ueut iuger à la uérité) regardassent plustost à magnifier la bonté de ce grand Dieu, duquel ils ont receu tant de graces, qu'à flatter leurs idoles, c'est à dire, leurs seigneurs ou leurs dames, qu'ils entretiennent en leurs uices par leurs fictions et flatteries. A la uerité il leur seroit mieux seant de chanter un cantique à Dieu, que de Petrarquiser un Sonnet, et faire l'amoureux transi, digne d'auoir un chaperon à sonnettes, ou de contrefaire ces fureurs poetiques à l'antique, pour distiler la gloire de ce monde, et immortaliser cestuy-ci ou ceste-la : choses qui font confesser au lecteur, que les auteurs d'icelles n'ont pas seulement monté en leur mont de Parnasse, mais sont parvenus iusque au cercle de la Lune. Les autres (du nombre desquels i'ay esté à mon trèsgrand regret) aiguisent un Epigramme tranchant à deux costez, ou picquant par le bout : les autres s'amusent à tout renuerser, plustost qu'à tourner : autres cuidans enrichir nostre langue, l'accoustrent à la Greque et à la Romaine. Mais quoi? dira quelcun, iattendoy' une Tragedie, et tu nous donnes une Satyre. Ie confesse que pensant à telles phrenesies, ie me suis moi-mesme transporté : toutesfois ie n'entens auoir mesdit des bons esprits, mais bien uoudroy'-ie leur auoir descouuert si à clair l'iniure qu'ils font à Dieu, et le tort qu'il font à eux-mesmes, qu'il leur print enuie de me surmonter en la description de tels argumens, dont ie leur enuoye l'essay : comme ie say qu'il leur sera bien aise, si le moindre d'eux s'y ueut employer. Or pour uenir à l'argument que ie traitte, il tient de la Tragedie et de la Comedie : et pour cela ay-ie separé le prologue, et diuisé le tout en pauses, à la façon des actes des Comedies, sans toutesfois m'y assuiettir. Et pour ce qu'il tient plus de l'un que de l'autre, i'ay mieux aimé l'appeler Tragedie. Quant à la maniere de proceder, i'ay changé quelques petites circonstances de l'histoire, pour m'approprier au theatre. Au reste i'ay poursuiui le principal au plus pres du texte que i'ay peu, suiuant les coniectures qui m'ont semblé les plus conuenables à la matiere, et aux personnes. Et combien que les affections soyent des plus grandes, toutesfois ie n'ay voulu user de termes ni de manieres de parler trop eslongnees du commun, encores que ie sache tel auoir esté la façon des Grecs et des Latins, principalement en leurs

Chorus (ainsi qu'ils les nomment.) Mais tant s'en faut qu'en cela ie les ueuille imiter, que tout au contraire ie ne trouue rien plus mal seant que ces translations tant forcees, et mots tirez de si long temps qu'ils ne peuuent iamais arriuer à poinct : tesmoin Aristophane, qui tant de fois et à bon droit en a repris les poetes de son temps. Mesmes i'ay faict un cantique hors le Chorus, et n'ay usé de strophes, antistrophes, epirrhemes, parecbases, ni autres tels mots, qui ne seruent que d'espouuanter les simples gens, puis que l'usage de telles choses est aboli, et n'est de soy tant recommandable qu'on se doiue tormenter à le remettre sus. Quant à l'orthographie, i'ay uoulu que l'imprimeur suiuist la commune, quelques maigres fantasies qu'on ait mis en auant depuis trois ou quatre ans en ça : et conseilleroy' uolontiers aux plus opiniastres de ceux qui l'ont changee, (s'ils estoyent gens qui demandassent conseil à autres qu'a eux mesmes) puis qu'ils la ueulent renger selon la prononciation, c'est à dire, puis qu'ils ueulent faire qu'il y ait quasi autant de manieres d'escrire qu'il y a non seulement de contrees, mais aussi de personnes en France : ils apprenent à prononcer deuant que uouloir apprendre à escrire : car pour parler et escrire à leur façon, celui n'est pas digne de bailler les reigles d'escrire nostre langue, qui ne la peut parler. Ce que ie ne di pour uouloir calomnier tous ceux qui ont mis en auant leurs difficultez en ceste matiere, laquelle ie confesse auoir bon besoin d'estre reformee : mais pour ceux qui proposent leurs resueries comme certaines reigles, que tout le monde doit ensuiure. Au surplus, quand au profit qui se peut tirer de ceste singuliere histoire, outre ce qui en est traitté en infinis passages de l'Escriture, i'en laisseray faire à celui qui parlera en l'Epilogue : uous priant quiconques uous soyez, receuoir ce mien petit labeur, d'aussi bon cœur qu'il uous est presenté. De Lausanne, ce premier d'Octobre. M. D. L.

ARGVMENT

du vingt et deuxième chapitre de Genese.

Et apres ces choses, Dieu tenta Abraham, et lui dit, Abraham. Et il respondit, Me uoici. Puis lui dit, Pren maintenant ton fils unique, lequel tu aimes, Isaac di-ie, et t'en ua au pays de Moria, et l'offre là en holocauste sur une des montagnes laquelle te diray. Abraham donc se leuant de matin embasta son asne, et print deux seruiteurs auec lui, et Isaac son fils : et ayant coupé le bois pour l'holocauste, se leua, et s'en alla au lieu que Dieu lui auoit dit. Au troisieme iour Abraham leuant ses yeux, uid le lieu de loin, et dit à ses seruiteurs, Arrestez uous ici auec l'asne : moy et l'enfant cheminerons iusques là : et quand aurons adoré, nous retournerons à uous. Et Abraham print le bois de l'holocauste, et le mit sur Isaac son fils. Et lui print le feu en sa main et un glaiue, et s'en allerent eux deux ensemble. Adonc Isaac dit à Abraham son pere, Mon pere. Abraham respondit, Me uoici mon fils. Et il dit, Voici le feu et le bois : mais où est l'agneau pour l'holocauste? Et Abraham respondit, Mon fils, Dieu se pouruoira d'agneau pour l'holocauste. Et cheminoyent tous deux ensemble. Et estans uenus au lieu que Dieu lui auoit dit, il edifia illec un autel, et ordonna le bois : si lia Isaac son fils, et le mit sur l'autel par dessus le bois : et auançant sa main, empoigna le glaiue pour decoler son fils. Lors lui cria du ciel l'Ange du Seigneur, disant, Abraham, Abraham : lequel respondit, Me uoici. Et il lui dit, Tu ne mettras point la main sur l'enfant, et ne lui feras aucune chose. Car maintenant i'ay cognu que tu crains Dieu, ueu que tu n'as point espargné ton fils, ton unique, pour l'amour de moy. Et Abraham leua ses yeux, et regarda. Et uoici derriere lui un mouton retenu en un buisson par ses cornes. Adonc Abraham s'en ua et print le mouton, et l'offrit en holocauste en lieu de son fils. Et Abraham appela le nom de ce lieu-la, Le Seigneur uerra. Dont on dit auiourd'huy de la montagne, Le Seigneur sera ueu. Et l'Ange du Seigneur appela Abraham du ciel pour la seconde fois, disant, I ay iuré par moy-mesmes, dit le Seigneur : Pour autant que tu as fait ceste chose, et que tu n'as point espargné ton fils, ton unique, ie te beniray, et multiplieray ta semence, comme les estoiles du ciel, et comme le sablon qui est sur le riuage de la mer, et ta semence possedera la porte de tes ennemis : Et toutes nations de la terre seront benites en ta semence, pour ce que tu as obei à ma uoix.

PERSONNAGES.

PROLOGVE.

ABRAHAM.

SARA.

ISAAC.

La trouppe des bergers de la maison d'Abraham, diuisee en deux parties.

L'ANGE.

SATAN.

PROLOGVE.

Dieu uous gard' tous, autant gros que menus,
Petits et grans, bien soyez-uous uenus.
Long temps y a, au moins comme il me semble,
Qu'ici n'y eut autant de peuple ensemble,
Que pleust à Dieu que toutes les semaines
Nous peussions uoir les Eglises si pleines.
Orça messieurs, et uous dames honnestes,
Ie uous suppli d'entendre mes requestes.
Ie uous requier uous taire seulement.
Comment? dira quelcune uoirement,
Ie ne sauroy' ni ne uoudroy' auec.
Or si faut-il pourtant clorre le bec,
Ou uous et moy auons peine perdue,
Moy de parler, et uous d'estre uenue.

Ie uous requier tant seulement silence,
Ie uous suppli' d'ouir en patience.
Petits et grans ie uous diray merueilles :
Tant seulement prestez-moy uos oreilles.
Or donques peuple, escoute un bien grand cas :
Tu penses estre au lieu où tu n'es pas.
Plus n'est ici Lausanne, elle est bien loin :
Mais toutesfois quand il sera besoin,
Chacun pourra, uoire dedans une heure,
Sans nul danger retrouuer sa demeure.
Maintenant donc ici est lé pays
Des Philisthins. Estes-uous esbahis?
Ie di bien plus, uoyez-uous bien ce lieu?
C'est la maison d'un seruiteur de Dieu,
Dit Abraham, celui mesme duquel
Par uiue foy, le nom est immortel.
En cest endroit uous le uerrez tenté,
Et iusqu'au uif atteint et tormenté.
Vous le uerrez par foy iustifié,
Son fils Isaac quasi sacrifié.
Bref, uous uerrez estranges passions :
La chair, le monde et ses affections
Non seulement au uif representees.
Mais qui plus est, par la foy surmontees.
Et qu'ainsi soit, maint loyal personnage
En donnera bien tost bon tesmoignage.
Bien tost uerrez Abraham et Sara,
Et tost apres Isaac sortira :
Ne sont-ils pas tesmoins tresueritables?
Qui ueut donc uoir choses tant admirables,

Nous le prions seulement d'escouter,
Et ce qu'il a d'oreilles nous prester,
Estant tout seur qu'il entendra merueilles,
Et puis apres lui rendrons ses oreilles.

ABRAHAM *parle sortant de sa maison.*

Depuis que i'ay mon pays delaissé,
Et de courir çà et là n'ay cessé,
Helàs mon Dieu, est il encor' un homme,
Qui ait porté de trauaux telle somme?
Depuis le temps que tu m'as retiré
Hors du pays où tu n'es adoré,
Helas mon Dieu, est-il encor' un homme,
Qui ait receu de biens si grande somme?
Voila comment par les calamitez,
Tu fais cognoistre aux hommes tes bontez.
Et tout ainsi que tu fis tout de rien,
Ainsi fais tu sortir du mal le bien,
Ne pouuant l'homme à l'heure d'un grand heur
Assez à clair cognoistre ta grandeur.
Làs i'ay uescu septante et cinq annees,
Suiuant le cours de tes predestinees,
Qui ont uoulu que prinse ma naissance
D'une maison riche par suffisance.
Mais quel bien peut l'homme de bien auoir,
S'il est contraint, contraint, di-je, de uoir
En lieu de toy, qui terre et cieux as faits,
Craindre et seruir mille dieux contrefaits?
Or donc sortir tu me fis de ces lieux,
Laisser mes biens, mes parents et leurs dieux,

Incontinent que i'eu ouy ta uoix.
Mesmes tu sais que point ie ne sauois
En quel endroit tu me uoulois conduire :
Mais qui te suit, mon Dieu, il peut bien dire
Qu'il ua tout droit : et tenant ceste uoye,
Craindre ne doit que iamais il fouruoye.

SARA *sortant d'vne mesme maison.*

Apres auoir pensé et repensé
Combien i'ay eu de biens le temps passé,
De toi, mon Dieu, qui tousiours as uoulu
Garder mon cœur et mon corps impollu :
Puis m'as donné, en suiuant ta promesse,
Cest heureux nom de mere en ma uieillesse :
En mon esprit suis tellement rauie,
Que ie ne puis, comme i'ay bonne enuie,
A toy mon Dieu faire recognoissance
Du moindre bien dont i'aye iouyssance :
Si ueux-ie au moins, puis qu'à l'escart ie suis,
Te mercier, Seigneur comme ie puis,
Mais n'est-ce pas mon Seigneur que ie uoy?
Si le pensoy'-ie estre plus loin de moy.

ABRAHAM.

Sara, Sara, ce bon uouloir ie loue,
Et n'as rien dit que tresbien ie n'aduoue.
Approche-toy, et tous deux en ce lieu
Recognoissons les grans bien-faicts de Dieu,
Commune en est à deux la iouissance,
Commune en soit à deux la cognoissance.

SARA.

Hà mon seigneur, que sauroy'-ie mieux faire,
Que d'essayer tousiours à uous complaire
Pour cela suis-ie en ce monde ordonnee.
Et puis, comment saurait-on sa iournee
Mieux employer qu'à chanter l'excellence
De ce grand Dieu, dont la magnificence
Et haut et bas se presente à nos yeux?

ABRAHAM.

L'homme pour uray ne sauroit faire mieux,
Que de chanter du Seigneur l'excellence :
Car il ne peut, pour toute recompense
Des biens qu'il a par lui iournellement,
Rien luy payer qu'honneur tant seulement.

CANTIQVE D'ABRAHAM ET DE SARA.

Or sus donc commençons,
Et le los annonçons
Du grand Dieu souuerain.
Tout ce qu'eusmes iamais,
Et aurons desormais,
Ne uient que de sa main.

C'est lui qui des hauts cieux
Le grand tour spacieux
Entretient de la haut :
Dont le cours asseuré,
Est si bien mesuré,
Que iamais il ne faut.

Il fait l'esté bruslant :
Il fait l'hyver tremblant :
Terre et mer il conduit :
La pluye et le beau temps,
L'automne et le printemps,
Et le iour et la nuict.

Lâs, Seigneur qu'estions-nous,
Que nous as entre tous
Choisis et retenus ?
Et contre les meschans
Par uilles et par champs,
Si long temps maintenus ?

Tiré nous as des lieux
Tous remplis de faux dieux,
Vsant de tes bontez :
Et de mille dangers,
Parmi les estrangers,
Tousiours nous as iettez.

En nostre grand besoin
Egypte a eu le soin
De nous entretenir :
Puis contraint a esté
Pharaon despité,
De nous laisser uenir.

Quatre rois furieux
Desia uictorieux
Auons mis à l'enuers :

Du sang de ces meschans,
Nous auons ueu les champs
Tous rouges et couuers.

De Dieu ce bien nous uient :
Car de nous luy souuient,
Comme de ses amis.
Lui donc nous donnera
Lors que temps en sera,
Tout ce qu'il a promis.

A nous et nos enfants,
En honneur triomphans
Ceste terre appartient :
Dieu nous l'a dit ainsi,
Et le croyons aussi :
Car sa promesse il tient.

Tremblez donques peruers,
Qui par tout l'uniuers
Estes si dru semez :
Et qui uous estes faits
Mille dieux contrefaits,
Q'en uain uous reclamez.

Et toy Seigneur uray Dieu,
Sors un iour de ton lieu,
Que nous soyons uengez
De tous tes ennemis :
Et qu'à neant soyent mis,
Les dieux qu'ils ont forgez.

ABRAHAM.

Or sus Sara, le grand Dieu nous benie,
A celle fin que durant ceste uie
Pour tant de biens que lui seul nous ottroye,
A le seruir chacun de nous s'employe.
Retirons-nous, et sur tout prenons garde
A nostre fils que trop ne se hazarde,
Par frequenter tant de mal-heureux hommes,
Parmi lesquels uous uoyez que nous sommes.
Vn uaisseau neuf tient l'odeur longuement,
Dont abbreuué il est premierement.
Quoy qu'un enfant soit de bonne nature,
Il est perdu sans bonne nourriture.

SARA.

Monsieur i'espere en faire mon deuoir.
Et pour autant qu'en lui nous deuons uoir
De nostre Dieu le uouloir accompli,
Seure ie suis qu'il prendra si bon pli,
Et le Seigneur si bien le benira,
Qu'à son honneur le tout se conduira.

SATAN *en habit de moine.*

Ie uay, ie uien, iour et nuict ie trauaille,
Et m'est aduis en quelque part que i'aille,
Que ie ne pers ma peine aucunement.
Regne le Dieu en son haut firmament,
Mais pour le moins la terre est toute à moy,
Et n'en déplaise à Dieu ni à sa Loy.

Dieu est aux cieux par les siens honoré :
Des miens ie suis en la terre adoré.
Dieu est au ciel : et bien, ie suis en terre.
Dieu fait la paix, et moy ie fay la guerre.
Dieu regne en haut : et bien, ie regne en bas,
Dieu fait la paix, et ie fay les debats.
Dieu a creé et la terre et les cieux :
I'ay bien plus faict : car i'ay creé les dieux.
Dieu est serui de ses Anges luisans.
Ne sont aussi mes anges reluisans ?
Il n'y a pas iusques à mes pourceaux,
A qui ie n'aye enchassé les museaux.
Tous ces paillards, ces gourmans, ces yurongnes,
Qu'on uoit reluire auec leurs rouges trongnes,
Portants saphirs et rubis des plus fins,
Sont mes supposts, sont mes urais cherubins.
Dieu ne fit onc chose tant soit parfaicte,
Qui soit égale à celui qui l'a faite :
Mais moy i'ay fait, dont uanter ie me puis,
Beaucoup de gens pires que ie ne suis.
Car quant à moy ie croy, et say tresbien
Qu'il est un Dieu, et que ie ne uaux rien :
Mais i'en say bien à qui totalement,
I'ay renuersé le faux entendement,
Si que les uns (qui est un cas commun)
Aiment trop mieux seruir mille dieux qu'un :
Les autres ont fantasie certaine,
Que de ce Dieu l'opinion est uaine.
Voila comment depuis l'homme premier,
Heureusement i'ay suiui ce mestier,

Et poursuiuray, quoy qu'en doiue aduenir,
Tant que pourray cest habit maintenir.
Habit encor' en ce monde incognu,
Mais qui sera un iour si bien cognu,
Qu'il n'y aura ne uille ne uillage,
Qui ne le uoye à son tresgrand dommage.
O froc, ô froc tant de maux tu feras,
Et tant d'abus en plein iour couuriras.
Ce froc, ce froc un iour cognu sera,
Et tant de maux au monde apportera,
Que si n'estoit l'enuie dont i'abonde,
I'auroy' pitié moy-mesme de ce monde.
Car moy qui suis de tous meschans le pire,
En le portant moi-mesme ie m'empire :
Or se feront ces choses en leurs temps,
Mais maintenant assaillir ie pretens
Vn Abraham, lequel seul sur la terre
Auec les siens, m'ose faire la guerre.
De faict, ie l'ay maintefois assailli,
Mais i'ay tousiours à mon uouloir failli :
Et ne uis onc uieillard mieux resistant.
Mais il aura des assauts tant et tant,
Qu'en brief sera, au moins comme i'espere,
Du rang de ceux desquels ie suis le pere.
Vray est qu'il a au uray Dieu sa fiance,
Vray est qu'il a du uray Dieu l'alliance.
Vray est que Dieu luy a promis merueilles,
Et desia fait des choses nompareilles :
Mais quoy ? s'il n'a ferme perseuerance,
Que luy pourra seruir son esperance?

Ie feray tant de tours et ça et là,
Que ie rompray l'asseurance qu'il a.
De deux enfans qu'il a, l'un ie ne crains :
L'autre à grand peine eschapper a mes mains.
La mere est femme : et quant aux seruiteurs,
Sont simples gens, sont bien poures pasteurs,
Bien peu rusez encontre mes cautelles.
Or ie m'en uay employer peines telles
A les auoir, que ie suis bien trompé
Si le plus fin n'est bien tost attrapé.

ABRAHAM *ressortant de la maison.*

Quoy que ie die, ou que ie face,
Rien n'y a dont ie ne me lasse,
Tant me soit l'affaire agreable :
Telle est ma nature damnable.
Mais sur tout ie me mescontente,
De moy-mesme : et fort me tormente,
Veu que Dieu iamais ne se fasche
De m'aider : par quoy ie me tasche
A ne me fascher point aussi
De recognoistre sa merci,
Autant de bouche que de cœur.

L'ANGE.

Abraham, Abraham.

ABRAHAM.

Seigneur,
Me voici.

L'ANGE.

Ton fils bien aimé,
Ton fils unique Isaac nommé,
Par toy soit mené iusqu'au lieu
Surnommé la Myrrhe de Dieu.
Là deuant moy tu l'offriras,
Et tout entier le brusleras,
Au mont que ie te montreray.

ABRAHAM.

Brusler! brusler! ie le feray.
Mais mon Dieu, si ceste nouuelle,
Me semble fascheuse et nouuelle,
Seigneur, me pardonneras-tu?
Hélas, donne-moy la uertu
D'accomplir ce commandement.
Hà bien cognoy ie ouuertement,
Qu'enuers moy tu es courroucé.
Làs, Seigneur, ie t'ay offensé.
O Dieu qui as faict ciel et terre,
A qui ueux-tu faire la guerre?
Me ueux-tu donc mettre si bas?
Helas, mon fils, hélas, helas!
Par quel bout doy-ie commencer?
La chose uaut bien le penser.

Troupe de bergers sortans de la maison d'Abraham.

DEMIE TROUPE.

Amis, il est temps, ce me semble,
Que nous retournions tous ensemble
Vers nos compagnons.

DEMIE TROUPE.

Ie le ueux.
Car si nous sommes auec eux,
Ils en seront plus asseurez.

ISAAC.

Hola, ie uous pri demeurez.
Comment? me laissez-uous ainsi?

TROUPE.

Isaac, demeurez ici :
Autrement monsieur uostre pere,
Ou bien madame uostre mere
En pourroyent estre mal contens.
Il uiendra quelque iour le temps
Que uous serez grand, si Dieu plaist.
Et lors uous cognoistrez que c'est
De garder aux champs les troupeaux,
En danger par monts et par uaux,
De tant de bestes dangereuses,
Sortans des forests ombrageuses.

ISAAC.

Pensez-uous aussi que uoulusse
Departir deuant que ie seusse
Si mon pere ainsi le uoudroit?

TROUPE.

Aussi faut-il en tout endroict,
Qu'un fils honneste et bien appris,
Quelque cas qu'il ait entrepris,
A pere et à mere obeisse.

ISAAC.

Ie n'y faudray point que ie puisse,
Et fust-ce iusques au mourir.
Mais tandis que ie uay courir
Iusqu'à mon pere, pour cognoistre
Quelle sa uolonté peut estre,
Voulez-uous pas m'attendre ici?

TROUPE.

Allez, nous le ferons ainsi.

CANTIQUE DE LA TROUPE.

O l'homme heureux au monde
Qui dessus Dieu se fonde,
Et en fait son rampart :
Laissant tous ces hautains,
Et tant sages mondains
S'esgarer à l'escart.

Poureté ni richesse
N'empesche ni ne blesse
D'un fidele le cœur.
Quoy qu'il soit tormenté,
Et mille fois tenté,
Le fidele est ueinqueur.

Ce grand Dieu qui le meine,
Au plus fort de sa peine,
En prend un si grand soin,
Qu'il le uient redresser
Estant prest de glisser,
En son plus grand besoin.

Cela peut-on cognoistre
D'Abraham nostre maistre :
Car tant plus on l'assaut
Et deçà et delà,
Tant moins de peur il a,
Et moins le cœur lui faut.

Il a laissé sa terre,
Faim lui a fait la guerre,
En Egypte est uenu.
Sara il uoit soudain
Rauie de la main
D'un grand Roy incognu.

A Dieu fait sa demande,
Soudain le Roy le mande,
Et sa femme lui rend :

Le prie de uuider,
Abraham sans tarder,
Autre uoye entreprend.

Mais durant ceste fuitte,
Son bien si bien profite,
Que pour s'entretenir,
De Loth il se depart :
Pour ce qu'en mesme part
Deux ne pouuoyent tenir.

Vne guerre soudaine
Entre neuf Rois se meine.
Parmi ces grans combats,
Loth perd auec les siens
Sa franchise et ses biens :
Cinq Rois sont mis à bas.

Nostre maistre fidelle
Oyant ceste nouuelle
Viuement le poursuit,
Les atteint et desfaict,
N'ayant d'hommes de faict,
Que trois cens dix et huit.

Leur arrache leur proye,
La disme au prestre paye,
A chacun fait raison.
Puis de tous hautement
Loué tresiustement,
Retourne en sa maison.

Or parmi sa famille
N'auoit-il fils ne fille.
Sara qui cela uoid,
Ne pouuant conceuoir,
Lui fait mesmes auoir
Agar qui la seruoit.

D'Agar donc nostre maistre
Ismael se uid naistre.
Treize ans ainsi passa,
Voyant deuant ses yeux
Aller de bien en mieux
Les biens qu'il amassa.

Lors pour signifiance
De la saincte alliance
Du Seigneur et de nous,
Autant petits que grans,
Iusqu'aux petits enfants
Circoncis fusmes tous.

ISAAC.

Mes amis, Dieu se monstre à nous
Si bon, si gracieux, si doux,
Que iamais ie ne lui demande
Chose tant soit petite ou grande,
Que ie ne me uoye accordé
Trop plus que ie n'ay demandé.
I'auoy' comme sauez, uouloir,
De uous suiure, à fin d'aller uoir :
Mais uoici mon pere qui uient.

ABRAHAM *sortant auec Sara.*

Mais tant y a qu'il appartient,
Quand Dieu nous enioint une chose,
Que nous ayons la bouche close,
Sans estriuer aucunement
Contre son sainct commandement.
S'il commande, il faut obéir.

SARA.

Ie uous prie ne uous esbahir
Si le cas bien fascheux ie trouue.

ABRAHAM.

Au besoin le bon cœur s'esprouve.

SARA.

Il est uray : mais en premier lieu,
Sachez donc le uouloir de Dieu.
Nous auons cest enfant seulet,
Qui est encores tout foiblet :
Auquel gist toute l'asseurance
De nostre si grande esperance.

ABRAHAM.

Mais en Dieu.

SARA.

Mais laissez-moy dire.

ABRAHAM.

Dieu se peut-il iamais desdire ?

Partant asseuree soyez
Que Dieu le garde, et me croyez.

SARA.

Mais Dieu ueut-il qu'on le hazarde?

ABRAHAM.

Hazardé n'est point que Dieu garde.

SARA.

Ie me doute de quelque cas.

ABRAHAM.

Quant à moy ie n'en doute pas.

SARA.

C'est quelque entreprise secrette.

ABRAHAM.

Mais telle qu'elle est, Dieu l'a faicte.

SARA.

Au moins si uous sauiez où c'est.

ABRAHAM.

Bien tost le sauray, si Dieu plaist.

SARA.

Il n'ira iamais iusques là.

ABRAHAM.

Dieu pouruoira à tout cela.

SARA.

Mais les chemins sont dangereux.

ABRAHAM.

Qui meurt suiuant Dieu, est heureux.

SARA.

S'il meurt, nous uoila demeurez.

ABRAHAM.

Les morts de Dieu sont asseurez.

SARA.

Mieux uaut sacrifier ici.

ABRAHAM.

Mais Dieu ne le ueut pas ainsi.

SARA.

Or sus puis que faire le faut,
Ie prie au grand Seigneur d'en haut,
Mon seigneur, que sa saincte grace
Tousiours compagnie uous face :
Adieu mon fils.

ISAAC.

Adieu ma mere.

SARA.

Suiuez bien tousiours uostre pere,
Mon ami, et seruez bien Dieu :
Afin que bien tost en ce lieu
Puissiez en santé reuenir.
Voila, ie ne me puis tenir,
Isaac, que ie ne uous baise.

ISAAC.

Ma mere, qu'il ne uous desplaise,
Ie uous ueux faire une requeste.

SARA.

Dites, mon ami, ie suis preste
A l'accorder.

ISAAC.

Ie uous supplie
D'oster ceste melancolie.
Mais, s'il uous plaist, ne plourez point,
Ie reuiendray en meilleur poinct,
Ie uous pri' de ne uous fascher.

ABRAHAM.

Enfans, il uous faudra marcher
Pour le moins six bonnes iournees.
Voila uos charges ordonnees,
Et tout ce qui fait de besoin.

TROUPE.

Sire, laissez-nous en le soin,
Tant seulement commandez-nous.

ABRAHAM.

Or sus, Dieu soit auec uous.
Ce grand Dieu qui par sa bonté
Iusques ici nous a esté
Tant propice et tant secourable,
Soit à uous et moy fauorable.
Quoy qu'il y ait, monstrez-uous sage.
I'espere que nostre uoyage
Heureusement se parfera.

SARA.

Làs, ie ne say quand ce sera
Que reuoir ie uous pourray tous.
Le Seigneur soit aueques uous.

ISAAC.

Adieu ma mere.

ABRAHAM.

Adieu.

TROUPE.

Adieu.

ABRAHAM.

Or sus departons de ce lieu.

SATAN.

Mais n'est-ce pas pour enrager,
Moy qui fais un chacun ranger,
Qui say tirer le monde à moy,
Ne faisant signe que du doy :
Moy qui renuerse et trouble tout,
Ne puis pourtant uenir à bout
De ce faux uieillard obstiné.
Quelque assaut qu'on lui ait donné,
Le uoila parti de ce lieu,
Et tout prest d'obeir à Dieu,
Quoy que le cas soit fort estrange.
Mais au fort, soit que son cœur change,
Ou qu'il sacrifie en effect,
Ce que ie pretends sera fait.
S'il sacrifie, Isaac mourra,
Et mon cœur deliuré sera
De la frayeur, qu'en sa personne
La promesse de Dieu me donne.
S'il change de cœur, ie puis dire
Que i'ay tout ce que ie desire :
Et uoila le poinct où ie tasche.
Car si une fois il se fasche
D'obeir au Dieu tout-puissant,
Le uoila desobeissant,

Banni de Dieu et de sa grace.
Voila le poinct que ie pourchasse.
Sus donc mon froc, courons apres,
Pour le combattre de plus pres.

PAVSE.

ABRAHAM.

Enfans, uoici arriué le tiers iour,
Que nous marchons sans auoir fait seiour
Que bien petit : reposer il uous faut.
Car quant à moy, ie ueux monter plus haut
Auec Isaac, iusqu'en un certain lieu,
Qui m'a esté enseigné de mon Dieu.
Là ie feray sacrifice et priere,
Comme il requiert : demourez donc derriere,
Et uous gardez de marcher plus auant.
Mais uous, mon fils Isaac, passez deuant :
Car le Seigneur requiert uostre presence.

TROUPE.

Puis que telle est, Sire, uostre defense,
Nous demeurrons.

ABRAHAM.

Baillez-lui ce fardeau,
Et ie prendray le feu et le cousteau.
Bien tost serons de retour, si Dieu plaist.
Mais cependant, sauez-uous bien que c'est ?

Priez bien Dieu et pour nous et pour uous,
Helas i'en ay,

TROUPE.

Ainsi le ferons-nous.

ABRAHAM.

Autant besoin qu'eut onc poure personne.
Adieu uous di.

TROUPE.

Adieu.

DEMIE TROUPE.

Mais ie m'estonne
Tres grandement.

DEMIE TROUPE.

Et moy aussi.

DEMIE TROUPE.

Et moy.
Comment? De uoir en tel esmoy,
Cil qui si bien a resisté
A tant de maux qu'il a porté.

DEMIE TROUPE.

De dire qu'il craigne la guerre,
Estant en ceste estrange terre,

Il n'y auroit point de raison.
Car nous sauons, qu'une saison
Abimelech qui est seigneur
Du pays, lui fit cest honneur
De le uisiter, et prier
Qu'à lui se daignast allier,
De sorte qu'en solennité
L'accord de paix fut arresté.
Au surplus, quant à son mesnage,
Que peut-il auoir dauantage ?

DEMIE TROUPE.

Il uit en paix et en repos,
Il est uieil, mais il est dispos.

DEMIE TROUPE.

Il n'a qu'un fils, mon Dieu sait quel :
Au monde il n'en est point de tel.
Son bestail tellement foisonne,
Qu'il semble à uoir que Dieu lui donne
Encores plus qu'il ne souhaite.

DEMIE TROUPE.

Il n'y a chose tant parfaite,
Qu'il n'y ait tousiours à redire.
Ie prie à Dieu qu'il le retire
Bien tost de la peine où il est.

DEMIE TROUPE.

Ainsi le face, s'il lui plaist.

DEMIE TROUPE.

Quoy qu'il y ait, ie presuppose
Que ce soit quelque grande chose.

CANTIQUE DE LA TROUPE.

Quoy que soit cest uniuers
Tant spacieux et diuers,
Il n'y a rien tant soit ferme,
Rien n'y a qui n'ait son terme.

Dieu tout puissant qui tout garde,
Rien ici bas ne regarde,
Qui tousiours dure de mesme,
S'il ne regarde soy mesme.

Le grand soleil reluisant,
Va son flambeau conduisant,
Autant comme le iour dure :
Puis reuient la nuict obscure,
Couurant de ses noires ailes
Choses et laides et belles.

Que dirons-nous de la lune,
Qui iamais ne fut tout une?
Ores apparoist cornue,
Puis demie, puis bossue,
Puis esclaire toute ronde
Les tenebres de ce monde.

Les grans astres flamboyans,
Cà et là uont tournoyans,
Peignans leurs diuers uisage
Et de beau temps et d'orage.

Si deux iours on met ensemble,
L'un à l'autre ne ressemble :
L'un passe legerement,
L'autre dure longuement.
L'un est sur nous enuieux
De la lumiere des cieux.
L'un auec sa couleur bleue
Nous ueut esblouir la ueue :
L'un ueut le monde brusler,
L'autre essaye à le geler.

Ores la terre fleurie,
Estend sa tapisserie :
Ores d'un uent la froidure
Change en blancheur sa uerdure.

L'onde en son humide corps
S'enfle par dessus les bords,
Pillant par tout à outrance
Du laboureur l'esperance :
Puis en sa riue premiere
Sera bien tost prisonniere.

Parquoy celui qui se fonde
En rien qui soit en ce monde,

Soit en haut ou soit en bas,
Ie di que sage n'est pas.
Qu'est-ce donques de celui
Qui des hommes fait appuys.

Parmi tous les animaux
Suiets à dix mille maux,
Le soleil qui fait son tour,
Du monde tout à l'entour,
Ne uit onc pour dire en somme,
Chose si foible que l'homme.
Car tous les plus uertueux
Par les flots impetueux
Sont tellement combatus,
Qu'on en uoid maints abatus.

O combien est fol qui cuide
De fascherie estre uuide
Tant qu'ici bas il sera !
Mais cil qui desirera
D'estre asseuré, il lui faut
Son cœur appuyer plus haut :
Dont il aura bon exemple,
Si nostre maistre il contemple.

DEMIE TROUPE.

Or le mieux que nous puissions faire,
Ie croy que c'est de se retraire
En quelque coin plus à l'escart :
Afin que chacun de sa part,

Prie le Seigneur qu'il lui plaise
Le ramener mieux à son aise.
Allons.

DEMIE TROUPE.

Ie uay tant que ie puis.

PAVSE.

ISAAC.

Mon pere.

ABRAHAM.

Helas, las, quel pere ie suis.

ISAAC.

Voila du bois, du feu, et un cousteau
Mais ie ne uoy ni mouton ni agneau,
Que uous puissiez sacrifier ici.

ABRAHAM.

Isaac mon fils, Dieu en aura souci.
Attendez-moy, mon ami en ce lieu,
Car il me faut un petit prier Dieu.

ISAAC.

Et bien mon pere, allez : mais ie uous prie,

Me direz-uous quelle est la fascherie,
Dont ie uous uoy tormenté iusqu'au bout?

ABRAHAM.

A mon retour, mon fils, uous saurez tout :
Mais cependant prier uous faut aussi.

ISAAC.

C'est bien raison : ie le feray ainsi,
Et quant et quant le cas appresteray.
En premier lieu ce bois i'entasseray.
Premierement ce baston sera là :
Puis cestuy-ci, puis apres cestuy-la.
Voila le cas, mon pere aura le soin
Quant au surplus qui nous fait de besoin.
Prier m'en uay, ô Dieu, ta saincte face :
C'est bien raison, ô Dieu, que ie le face :

SARA.

Plus on uit, plus on uoid, helas,
Que c'est que de uiure ci bas.
Soit en mari, soit en lignee,
Il n'y eut onques femme nee
Autant heureuse que ie suis :
Mais i'ay tant enduré d'ennuis
Ces trois derniers iours seulement,
Que ie ne say pas bonnement
Lequel est le plus grand des deux,
Ou le bien que i'ay receu d'eux,
Ou le mal que i'ay enduré

En trois iours qu'ils ont demeuré.
Ne nuict ne iour ie ne repose :
Et si ne pense à autre chose
Qu'à mon seigneur et à mon fils.
A uray dire, assez mal ie fis
De les laisser aller ainsi,
Ou de n'y estre allee aussi.
De six iours sont passez les trois.
Que trois! mon Dieu, et toutes fois
Trois autres attendre il me faut.
Helàs, mon Dieu qui uois d'en-haut
Et le dehors et le dedans,
Vueilles accourcir ces trois ans :
Car à moy ils ne sont point iours,
Fussent-ils trente fois plus cours.
Mon Dieu, tes promesses m'asseurent :
Mais si plus long temps ils demeurent,
I'ay besoin de force nouuelle,
Pour souffrir une peine telle.
Mon Dieu, permets qu'en toute ioye,
Bien tost mon seigneur ie reuoye,
Et mon Isaac que m'as donné,
I'accole en santé retourné.

ABRAHAM.

O Dieu, ô Dieu tu uois mon cœur ouuert,
Ce que ie pense, ô Dieu t'est descouuert :
Qu'est-il besoin que mon mal ie te die?
Tu uois, helàs, tu uois ma maladie :

Tu peux tout seul guarison m'enuoyer,
S'il te plaisoit seulement m'ottroyer
Vn tout seul poinct que demander ie n'ose.

SATAN.

Si faut-il bien chanter quelqu'autre chose.

ABRAHAM.

Comment? comment? se pourroit-il bien faire,
Que Dieu dist l'un, et puis fist du contraire?
Est-il trompeur? si est-ce qu'il a mis
En uray effect ce qu'il m'auoit promis.
Pourroit-il bien maintenant se desdire?
Si faut-il bien ainsi conclurre et dire,
S'il ueut rauoir le fils qu'il m'a donné.
Que di-ie? ô Dieu, puis que l'as ordonné,
Ie le feray. lâs, est-il raisonnable,
Que moy qui suis pecheur tant miserable,
Viene à iuger les secrets iugemens
De tes parfaits et tressaincts mandemens?

SATAN.

Mon cas ua mal, mon froc, trouuer uous faut
Autre moyen de luy donner assaut.

ABRAHAM.

Mais il peut estre aussi que i'imagine
Ce qui n'est point: car tant plus i'examine

Ce cas ici, plus ie le trouue estrange.
C'est quelque songe, ou bien quelque faux ange
Qui m'a planté ceci en la ceruelle :
Dieu ne ueut point d'offrande si cruelle.
Maudit-il pas Cain, n'ayant occis
Qu'Abel son frere? et i'occiray mon fils?

SATAN.

Iamais, iamais.

ABRAHAM.

Hà, qu'ay-ie cuidé dire?
Pardonne moy mon Dieu, et me retire
Du mauuais pas où mon peché me meine.
Deliure moy, Seigneur, de ceste peine.
Tuer le ueux moy-mesme de ma main,
Puis qu'il te plaist, ô Dieu : il est certain
Que c'est raison, parquoy ie le feray.

SATAN.

Mais si ie puis ie t'en engarderay.

ABRAHAM.

Mais le faisant ie feroy' Dieu menteur :
Car il m'a dit qu'il me feroit cest heur,
Que de mon fils Isaac il sortiroit
Vn peuple grand qui la terre empliroit.
Isaac tué, l'alliance est defaicte.
Làs est-ce en uain, Seigneur, que tu l'as faite?

Làs est-ce en uain, Seigneur que tant de fois
Tu m'as promis qu'en Isaac me ferois
Ce que iamais à autre ne promis?
Làs pourroit-il à neant estre mis
Ce, dont tu m'as tant de fois asseuré?
Làs, est-ce en uain qu'en toy i'ay esperé?
O uaine attente, ô uain espoir de l'homme!
C'est tout cela que ie puis dire en somme,
I'ay prié Dieu qu'il me donnast lignee,
Pensant, helas, s'elle m'estoit donnee,
Que i'en auroy' un merueilleux plaisir,
Et ie n'en ay que mal et desplaisir.
De deux enfans l'un i'ay chassé moy-mesme,
De l'autre il faut, ô douleur tres extreme,
Que ie soy' dit le pere et le bourreau :
Bourreau, helas, helas, ouy bourreau.
Mais n'es-tu pas celui Dieu proprement,
Qui m'escoutas ainsi patiemment,
Voire, Seigneur, au plus fort de ton ire,
Quand tu partis pour Sodome destruire?
Maintenant donc ueux-tu, mon Dieu, mon Roy,
Me repousser quand ie prie pour moy?
Engendré l'ay, et faut que le defface.
O Dieu, ô Dieu, au moins fay-moy la grace,

SATAN.

Grace, ce mot n'est point en mon papier.

ABRAHAM.

Qu'un autre soit de mon fils le meurtrier.

Helas Seigneur, faut-il que ceste main
Vienne à donner ce coup tant inhumain?
Làs, que feray-ie à la mere dolente,
Si elle entend ceste mort uiolente?
Si ie t'allegue, helas, qui me croira?
S'on ne le croit, làs, quel bruit en courra?
Seray-ie pas d'un chacun reietté
Comme un patron d'extreme cruauté?
Et toy, Seigneur, qui te uoudra prier?
Qui se uoudra iamais en toy fier?
Làs pourra bien ceste blanche uieillesse
Porter le faix d'une telle tristesse?
Ay-ie passé parmi tant de dangers,
Tant trauersé de pays estrangers,
Souffert la faim, la soif, le chaut, le froid,
Et deuant toy tousiours cheminé droit :
Ay-ie uescu, uescu si longuement,
Pour me mourir si malheureusement?
Fendez mon cœur, fendez, fendez, fendez,
Et pour mourir plus long temps n'attendez.
Plustost on meurt, tant moins la mort est greue.

SATAN.

Le uoila bas, si Dieu ne le releue.

ABRAHAM.

Que di-ie? où suis-ie? ô Dieu mon createur,
Ne suis-ie pas ton loyal seruiteur?
Ne m'as-tu pas de mon pays tiré?
Ne m'as-tu pas tant de fois asseuré,

Que ceste terre aux miens estoit donnee?
Ne m'as-tu pas donné cette lignee,
En m'asseurant que d'Isaac sortiroit
Vn peuple tien qui la terre empliroit?
Si donc tu ueux mon Isaac emprunter,
Que me faut-il contre toi disputer?
Il est à toy : mais de toy ie l'ay pris.
Et pour autant quand tu l'auras repris,
Resusciter plustost tu le feras,
Qu'il ne m'aduinst ce que promis tu m'as.
Mais, ô Seigneur, tu sais qu'homme ie suis :
Executer rien de bon ie ne puis,
Non pas penser : mais ta force inuincible
Fait qu'au croyant il n'est rien impossible.
Arriere chair, arriere affections :
Retirez-vous, humaines passions,
Rien ne m'est bon, rien ne m'est raisonnable,
Que ce qui est au Seigneur agreable.

SATAN.

Et bien, et bien, Isaac donc mourra,
Et nous uerrons apres que ce sera.
O faux uieillard, tant me donnes de paine!

ABRAHAM.

Voila mon fils Isaac qui se pourmeine.
O poure enfant, ô nous poures humains,
Cachans souuent la mort dedans nos seins,
Alors que plus en pensons estre loin.
Et pour autant il est tresgrand besoin

De uiure ainsi que mourir on desire.
Or ça mon fils, helas que ueux-ie dire?

ISAAC.

Plaist il mon pere.

ABRAHAM.

Helas ce mot me tue.
Mais si faut-il pourtant que m'esuertue.
Isaac mon fils, helas, le cœur me tremble.

ISAAC.

Vous auez peur, mon pere, ce me semble.

ABRAHAM.

Hà mon ami, ie tremble uoirement.
Helas, mon Dieu!

ISAAC.

Dites moy hardiment
Que uous auez, mon pere, s'il uous plaist.

ABRAHAM.

Hà mon ami, si uous sauiez que c'est.....
Misericorde, ô Dieu, misericorde!
Mon fils, mon fils, uoyez-uous ceste corde,
Ce bois, ce feu, et ce cousteau ici?
Isaac, Isaac, c'est pour uous tout ceci.

SATAN.

Ennemi suis de Dieu et de nature :
Mais pour certain ceste chose est si dure,
Qu'en regardant ceste unique amitié,
Bien peu s'en faut que n'en aye pitié.

ABRAHAM.

Helas Isaac.

ISAAC.

Helas, pere tres doux,
Ie uous suppli, mon pere, à deux genoux
Auoir au moins pitié de ma ieunesse.

ABRAHAM.

O seul appuy de ma foible uieillesse !
Làs, mon ami, mon ami, ie uoudrois
Mourir pour uous cent millions de fois :
Mais le Seigneur ne le ueut pas ainsi.

ISAAC.

Mon pere, helas, ie uous crie merci.
Helas, helas, ie n'ay ne bras ne langue
Pour me defendre, ou faire ma harengue
Mais, mais uoyez, ô mon pere, mes larmes :
Auoir ne puis ni ne ueux autres armes
Encontre uous : ie suis Isaac, mon pere,
Ie suis Isaac, le seul fils de ma mere :

Ie suis Isaac, qui tient de uous la uie :
Souffrirez-uous qu'elle me soit rauie?
Et toutesfois si uous faites cela,
Pour obeir au Seigneur, me uoila :
Me uoila prest, mon pere, et à genoux,
Pour souffrir tout et de Dieu et de uous.
Mais qu'ay-ie fait, qu'ay-ie fait pour mourir?
He Dieu, he Dieu, uueille-me secourir.

ABRAHAM.

Helas mon fils Isaac, Dieu te commande
Qu'en cest endroit tu lui serues d'offrande,
Laissant à moy, à moy ton poure pere,
Làs quel ennuy!

ISAAC.

Helas ma poure mere,
Combien de morts ma mort uous donnera!
Mais dites-moy au moins qui m'occira?

ABRAHAM.

Qui t'occira, mon fils! mon Dieu, mon Dieu,
Ottroye moy de mourir en ce lieu?

ISAAC.

Mon pere.

ABRAHAM.

Helas, ce mot ne m'appartient.

Helas, Isaac, si est-ce qu'il conuient
Seruir à Dieu.

ISAAC.

Mon pere, me uoila.

SATAN.

Mais ie uous pri, qui eust pensé cela?

ISAAC.

Or donc, mon pere, il faut comme ie uoy,
Il faut mourir. Làs, mon Dieu, aide-moy :
Mon Dieu, mon Dieu, renforce moy le cœur.
Ren-moy, mon Dieu, sur moy-mesme ueinqueur.
Liez, frappez, bruslez, ie suis tout prest
D'endurer tout, mon Dieu, puis qu'il te plaist.

ABRAHAM.

A, a, a, a, et qu'est-ce, et qu'est ceci?
Misericorde, ô Dieu par ta merci.

ISAAC.

Seigneur, tu m'as et creé et forgé,
Tu m'as, Seigneur sur la terre logé,
Tu m'as donné ta saincte cognoissance :
Mais ie ne t'ay porté obeissance
Telle, Seigneur, que porter ie deuois :
Ce que te prie, helas, à haute uoix,

Me pardonner. Et à uous mon seigneur,
Si ie n'ay fait tousiours autant d'honneur
Que meritoit uostre douceur tant grande,
Treshumblement pardon uous en demande.
Quant à ma mere, helas, elle est absente
Vueille, mon Dieu, par ta faueur presente
La preseruer et garder tellement,
Qu'elle ne soit troublee aucunement.

(Ici est bandé Isaac.)

Làs, ie m'en uay en une nuict profonde,
Adieu uous di la clarté de ce monde.
Mais ie suis seur que de Dieu la promesse
Me donnera trop mieux que ie ne laisse.
Ie suis tout prest, mon pere, me uoila.

SATAN.

Iamais, iamais enfant mieux ne parla.
Ie suis confus, et faut que ie m'enfuye.

ABRAHAM.

Làs, mon ami, auant la departie,
Et que ma main ce coup inhumain face.
Permis me soit de te baiser en face.
Isaac, mon fils, le bras qui t'occira,
Encor' un coup au moins t'accolera.

ISAAC.

Làs grand merci.

ABRAHAM.

O ciel, qui es l'ouurage
De ce grand Dieu, et qui m'es tesmoignage
Tres suffisant de la grande lignee
Que le uray Dieu par Isaac m'a donnee :
Et toy la terre à moy cinq fois promise,
Soyez tesmoin que ma main n'est point mise
Sus cest enfant, par haine ou par uengeance,
Mais pour porter entiere obeissance
A ce grand Dieu facteur de l'uniuers,
Sauueur des bons, et iuge des peruers,
Soyez tesmoins qu'Abraham le fidele,
Par la bonté de Dieu a la foy telle,
Que nonobstant toute raison humaine,
Iamais de Dieu la parole n'est uaine.
Or est il temps, ma main, que t'esuertues,

(Ici le cousteau lui tombe des mains.)

Et qu'en frappant mon seul fils, tu me tues.

ISAAC.

Qu'est-ce que i'oy, mon pere? helas mon pere!

ABRAHAM.

A, a, a, a.

ISAAC.

Là ie uous obtempere.
Suis-ie pas bien?

ABRAHAM.

Fut-il iamais pitié,
Fut-il iamais une telle amitié ?
Fut-il iamais pitié? a, a, ie meurs,
Ie meurs, mon fils.

ISAAC.

Ostez toutes ces peurs,
Ie uous suppli : m'empescherez uous donques
D'aller à Dieu ?

ABRAHAM.

(Ici le cuide frapper.)

Helàs, làs qui uid onques
En petit corps un esprit autant fort ?
Helàs, mon fils, pardonne moy ta mort.

L'ANGE.

Abraham, Abraham.

ABRAHAM.

Mon Dieu.

L'ANGE.

Remets ton cousteau en son lieu :
Garde bien de ta main estendre
Dessus l'enfant, ni d'entreprendre

De l'outrager aucunement.
Or peux-ie uoir tout clairement
Quel amour tu as au Seigneur,
Puis que lui portes cest honneur,
De uouloir pour le contenter
Ton fils à la mort presenter.

ABRAHAM.

O Dieu.

ISAAC.

O Dieu.

ABRAHAM.

(Ici prend le mouton.)

Seigneur uoila que c'est
De s'obeir. Voici mon cas tout prest :
Prendre le ueux.

L'ANGE.

Abraham.

ABRAHAM.

Me uoici :
Seigneur, Seigneur.

L'ANGE.

Le Seigneur dit ainsi :

Ie te promets par ma grand' maiesté,
Par la uertu de ma diuinité,
Puis que tu as uoulu faire cela,
Puis que tu m'as obei iusques-là,
De n'espargner de ton seul fils la uie :
Maugré Satan et toute son enuie,
Benir te ueux auec toute ta race.
Vois-tu les grains de l'arene au riuage?
Croistre feray tellement ton lignage,
Qu'il n'y a point d'estoiles aux cieux,
Tant de sablon par les bords spatieux
De l'Ocean qui la terre enuironne,
Qu'il descendra d'enfans de ta personne.
Ils domteront quiconques les haira,
Et par celui qui de toy sortira,
Sur toutes gens et toutes nations
Ie desploiray mes benedictions
Et grans thresors de diuine puissance,
Puis que tu m'as porté obeissance.

EPILOGVE.

Or uoyez-uous de foy la grand puissance,
Et le loyer de uraye obeissance.
Parquoy, messieurs, et mes dames aussi,
Ie uous suppli quand sortirez d'ici,
Que de uos cœurs ne sorte la memoire
De ceste digne et ueritable histoire.
Ce ne sont point des farces mensongeres,

Ce ne sont point quelques fables legeres :
Mais c'est un faict, un faict tres ueritable,
D'un serf de Dieu, de Dieu tres redoutable,
Parquoy seigneurs, dames maistres, maistresses,
Poures, puissans, ioyeux, pleins de destresses,
Grans et petits, en ce tant bel exemple
Chacun de nous se mire et se contemple.
Tels sont pour uray les miroirs où l'on uoid
Le beau, le laid, le bossu, et le droit.
Car qui de Dieu tasche accomplir sans feinte,
Comme Abraham, la parole tres saincte,
Qui nonobstant toutes raisons contraires,
Remet en Dieu et soy et ses affaires,
Il en aura pour certain une issue
Meilleure encor' qu'il ne l'aura conçeue.
Vienent les uents, uienent tempestes fortes,
Vienent tormens, et morts de toutes sortes,
Tournent les cieux, toute la terre tremble,
Tout l'uniuers renuerse tout ensemble,
Le cœur fidèle est fondé tellement,
Que renuerser ne peut aucunement :
Mais au rebours, tout homme qui s'arreste
Au iugement et conseil de sa teste :
L'homme qui croit tout ce qu'il imagine,
Il est certain que tant plus il chemine,
Du uray chemin tant plus est escarté,
Vn petit uent l'a soudain emporté :
Et qui plus est, sa nature peruerse
En peu de temps soy-mesme se renuerse.

Or toy grand Dieu, qui nous as fait cognoistre

Les grans abus esquels nous uoyons estre
Le poure monde, helas, tant peruerti,
Fait qu'un chacun de nous soit aduerti
En son endroit, de tourner en usage
La uiue foy de ce sainct personnage.
  Voilà, messieurs, l'heureuse récompense,
Que Dieu uous doint pour uostre bon silence.

Les Actes et Gestes merueilleux de la cité de Genève, nouuellement conuertie à l'Evangile faictz du temps de leur Réformation et comment ils l'ont reçue rediges par escript en fourme de Chronique Annales ou Histoires commençant l'an 1532 par Anthoine Froment, mis en lumière par G. REVILLIOD. 1 vol. in-8°, imprimé sur papier chamois, orné de gravures et relié en parchemin.

Lettres de Jean Calvin recueillies pour la première fois et publiées d'après les manuscrits par Jules Bonnet. 2 vol. in-8° : 12 fr.

Impr. Ramboz et Schuchardt.

www.ingramcontent.com/pod-product-compliance
Ingram Content Group UK Ltd.
Pitfield, Milton Keynes, MK11 3LW, UK
UKHW020425230726
13925UKWH00004B/1609

9 782014 089219